KB120665

천년의
시 | 0090

적
도
의

노
래

천년의시 0090

적도의 노래

1판 1쇄 펴낸날 2018년 12월 17일
지은이 서미숙
펴낸이 이재무
책임편집 박은정
편집디자인 민성돈, 장덕진
펴낸곳 (주)천년의시작
등록번호 제301-2012-033호
등록일자 2006년 1월 10일
주소 (03132) 서울시 종로구 삼일대로32길 36 운현신화타워 502호
전화 02-723-8668
팩스 02-723-8630
홈페이지 www.poempoem.com
이메일 poemsijak@hanmail.net

서미숙ⓒ, 2018, printed in Seoul, Korea

ISBN 978-89-6021-405-7
      978-89-6021-105-6 04810(세트)

값 9,000원

적도의 노래

서 미 숙   시 집

천년의 시작

시인의 말

1991년부터 현재까지 적도 일대 열대의 나라인 싱가포르와 인도네시아 자카르타에서 27년째 살고 있다. 긴 해외 생활의 외로움과 그리움의 세월을 시에 담으려고 노력했다. 오랜 세월 수필을 써오다 처음 출간하는 시집이기에 시의 세계에 대한 새로운 도전만으로 충분히 벅차고 경이롭다. 경험을 재구성해서 시적 상상력으로 표현해야 하는 내 능력이 아직 부족해 많이 힘들었고, 또 많이 부끄럽다. 고해성사를 하는 심정으로 꼭꼭 숨겨둔 그리움과 사랑에 대한 기억에서 이제 조금은 자유롭고 싶다. 앞으로 시를 더 가까이 하고 많이 사랑할 것 같다. 고국에는 이미 가을이 떠나고 겨울이 오고 있겠다.

2018년 11월
자카르타에서

차 례

시인의 말

제1부

적도의 노래

태양은 불꽃처럼 이글거리고
야자수 프로펠러 날개 달고 하늘로 치솟듯
고독처럼 자라는 거대한 땅

정제되지 않은 나의 슬픔은
적도의 땅만큼이나 적막하여
파도 소리조차 삼킬 듯하다

바람은 떠나온 계절에 미련이 남아
깜보자 가지에 물방울 매달고
연신 그리움처럼 흔들린다

야자수와 깜보자가 들려주는 바람의 노래
귓전을 맴도는 적도의 노래가
고독의 폐허를 건너가고 있다

자카르타

고대와 현대가 포옹하고 있는
회색빛 자욱한 도시

불타듯 내리쬐는 태양은
스콜이 지날 때 한바탕 어우러지는 춤사위

붉게 물든 깊은 나무와
큼지막한 잎새들의 실루엣

뜨거운 햇살과 비바람 겪으며 피워 낸
재스민 향기에 젖어 드는

주황빛 노을 속에 빛나는
열정과 예술의 도시 자카르타

감비르역

마른기침과 하품을 하는 사람들로
고즈넉한 적도의 풍경을 연출하는
자카르타 중심 광장 감비르역

기나긴 역사에 기대어
무심한 하품처럼 오고 가는 열차 뒤로
아쉬움과 미련이 매달려 달린다

뿌옇게 흐린 유리창 사이로
인도네시아 사람들이 휴식을 즐기러 간다는
반둥 찌아똘 온천이 친절한 열기로 마중 나와 있다

오래전 족자카르타 머라삐 화산 폭발로
부모를 잃은 도우미 뜨리를 마중 나와 있던 곳
화산보다 더 뜨겁게 안아주던

수카르노 하타 공항

굉음 소리와 함께 날아온
커다란 금속체가 내려앉는다
저마다 손에 쥔 무언가를 살피는
현지 공항 직원의 매서운 눈

늘어진 야자열매를 닮은
벽에 매달린 오래된 시계와
캐리어 바퀴는 시멘트 바닥에 부딪혀
둔탁한 신음 소리를 낸다

삶이란 누구에게나 불가사의한 부재
수카르노 하타 공항 공중을 배회하던
이름 모를 철새는
떠날 사람은 빨리 떠나라고 재촉한다

인니의 가을

붉게 익은 태양이
짙고 푸른 적도의 바다에
몸을 식히던 날

높고 푸르게 하늘이 열리고
야자나무 큰 이파리는
어느새 붉은 옷 갈아입는다

불현듯 내 마음의 가을이
바람결에 멈춘 듯
열대 잎 위에 조용히 머문 비는
눈물 같은 촉촉함으로
추심秋心으로 적신다

타국에서 만난 가을
오랜 세월 헤어졌다 만난
그리움 되어
가슴을 말갛게 물들인다

모나스 독립기념탑

인도네시아 독립기념탑이 있는
자카르타 모나스광장 앞

기러기 떼들이 줄을 지어 날아간다

솟아오르는 태양 사이로
금빛 기념탑이 반짝인다

삼삼오오 사람들은 모여들고
또 하나의 자카르타 역사는 시작된다

간밤에 퍼붓던 폭우는 말끔히 사라지고
수줍은 듯 남겨진 빗방울은 나뭇가지에 매달려
툭툭 잎을 적시며 꽃을 피운다

이글거리는 태양 속에서
어디선가 보일 듯 말 듯 다가오는 역사의 등대

어린 천사를 보내고

자카르타에서 자동차로 왕복 여섯 시간
반둥 화산마을

심장병을 앓던 어린 천사가
화산재처럼 날아 별나라로 떠났다

국제사역팀에서 선물한
한국산 장난감 로봇을 손에 꼭 쥔 채로

초롱초롱 눈빛을 지닌 어린 천사는
별빛이 되어

다른 친구들을 위해
화산마을을 더욱 환하게 비추겠지

로봇을 타고 떠난 그 아이는
초롱초롱 사랑의 빛깔로 반짝이고 있겠지

타국에서 살아간다는 것은

타국에서 살아간다는 것은
온몸이 통증으로 저려오듯
마디마디 그리움 맺히는 일이다

잠 못 들던 밤
한 편의 시로 수면 마취 후
몽롱한 감성으로 슬픔을 베고 눕는 것이다

자카르타의 장례 행렬에 흩뿌려진
노란 깜보자 꽃잎을 보며
그만 돌아서서 목 놓아 울어버리는 일이다

저물녘 창밖 풍경을 접수한 야자수 이파리와
대책 없이 쏟아지는 열대 폭우에
안부를 매달아 놓는 일이다

두 나라

내 마음 속엔 두 나라가 있다
어느 곳과도 비교할 수 없는
공평하면서 애잔하게 공존하는

열 손가락 깨물어 안 아픈 곳 없는
어머니의 마음처럼
이제는 어느 쪽도 멈출 수 없는 내 자화상

멀리 떠나와 있던 이곳에도
경계선이 없는 푸르고 높은 하늘은 있어
하늘에 두 눈 멀뚱히 던져놓고 하늘빛 마셔보지만

그리움이란 것이 원래 싸한 것이어서
뜨겁게 흘러내렸던 그것들이
땀이었는지 눈물이었는지 모르겠다

하염없이 고픈 것이 그리움인 줄 모르고
인도네시아 전통 소스 삼발에 밥을 비벼 먹어도
시린 속은 가라앉을 줄 모른다

스콜비와 바람

열대의 스콜이라는 강한 비의 이름은
성질이 어지간히도 급합니다
친구인 바람까지 몰고 와서는
빠른 시간에 세상을 말끔히 씻어냅니다

때로는 살아간다는 일이 다 아픈 일입니다
고국의 여름 장맛비 속에 가을 빗속에
흘러 보내지 못한 심장의 기억들은
어느 이국의 낯선 언어가 되었습니다

적도의 번개 같은 스콜비를 맞아
꽃들이 피고 지는 순간을 붙잡지 못할까 봐
나의 눈 속에 마음속에 숨겨 놓은 것들조차 들킬세라
매번 껌벅거리는 눈에 인공눈물을 부어줍니다

쓸려 내렸을 때 가장 아플까 두려운 것은
세상의 거센 비와 바람에도
흔들리며 무너지면서도 단단히 지키고 싶은
그대를 향한 나의 마음이기 때문입니다

사랑의 거리

한때는 내 삶의 전부였던
그대의 향기를 맡을 수 있는
가장 가까운 거리에 살고 싶었습니다
그럴 수만 있다면 영원히 함께하고 싶었습니다

그러나 지금은 그렇게 생각했던 시간과
그 시절이 과연 존재는 했는지
왜 서로의 거리보다
살아가는 일이 먼저였는지

참으로 이해할 수 없었던 세상의 일들이
그저 궁금할 뿐입니다
그리워하는 사람은 언젠가 만난다는 말
그 말이 아직도 유용한지 묻고 싶습니다

이렇게 먼 나라 떠나와 살고 있는
현실에서
지금 이곳에 없는 그대에게

추억에게 걸려온 전화

적도의 달이
바다 뒷면으로 사라지기 직전

육체를 이탈해 바람이 된 영혼에게서
종소리처럼 전화가 걸려 왔다

추억의 정원에서 환하게 부활한
허공에서 별처럼 떠오르는 얼굴

올해 한국의 여름은 무척 더웠다고
올겨울은 눈이 많이 오고 매우 추워진다고

내가 떠났던 그해 겨울처럼
그 길로 떠났던 일도 순탄하지 않았다고
누구의 가슴에 상처가 되는 일은 슬펐다고

그곳 적도에서의 삶은 어떠냐고
하늘의 통신원 별이 되어 반짝거리며

수신 상태가 원활하지 않다고
보디랭귀지로 열심히 설명하고 있다

퍼시픽 플레이스에서

해 질 녘 오후 모임을 마치고 나오는 길
습관처럼 마주하는
퍼시픽 플레이스 내 스타벅스

커피 한 잔으로 여유를 마시고
고국의 그리움을 마시는
떠나온 사람들만의 아지트

아메리카노 커피 향만큼 내밀하고
눈부신 적도의 햇살이
창가에 와서 보석처럼 반짝인다

내가 좋아하는 카페라테
깊고 은밀한 향이
나를 위로하듯 유혹한다

내 손을 잡고 환하게 웃는
반가운 문우의 얼굴
이국의 고단함도 활짝 웃는다

그토록 많은 사람들이

같은 나라 같은 하늘 아래
놀랍도록 엄청난 자연재해가 들이닥쳐
많은 사람들이 해안과 바다에서 아수라장
생명의 전쟁이 일어났다

팔루Palu의 쓰나미
인니 역사에 기록될 끔찍한 재난

하루아침에 집을 잃고 삶을 잃고
순수한 생명을 앗아간 그곳을 생각하며
제발 현실에서 일어나지 않은 잘못된 환상이길

내 삶의 저편에서 일어난 일이라고는
도저히 믿기지 않는다

아프고 소외된 현장을 찾아 세계를 누비는
국경없는의사회 소속된 친구가
팔루Palu로 향하는 중이라고 보내온 메시지

함께하지 못하는 마음에

하루 종일 서성대며

불면으로 밤을 지새우는 내 머리맡에
평온한 문화 행사장에서 따라온 장미꽃 몇 다발
어느새 푸른 기운 실어 그곳으로 달려간다

너무 먼 곳의 이름이 될까 봐

불의 고리라 불리는
환태평양 조산대에 위치한
지진과 화산 분화가 빈번한
인도네시아

적도의 나라에서
너무 오랫동안 살았습니다
너무 오랫동안 세월을 내려놓았습니다
그래서 간혹 걱정이 되었습니다

내 목소리도 닿을 수 없는
먼 곳의 이름이 될까 봐
차마 사랑한다는 말도
전하지 못할까 봐

이름 모를 들풀에게도 고향이 있겠지만
꽃을 만나는 방법은
꽃을 꺾어 꽃병에 꽂거나
꽃을 찾아 길을 떠나는 것입니다

행여 영원히 꽃을 만나지 못하더라도
내가 있어 우는 것보다
내가 없어 웃기를 바랍니다
나는 너무 먼 곳에 있기 때문입니다

제2부

적도의 사랑법

적도의 사랑법은
까마득히 잊어주는 것
기억조차 떠올리지 않는 것

이승에서 아닌 인연
저승에서 만나자고
마음으로 약속하는 것

사랑으로 인해 고독해질 때면
살며시 적도의 야자수와
루왁커피 한잔 나누는 것

텁텁하고 건조한 땅에서
영혼이 잘 자랄 수 있도록
사랑을 묻어두는 것

나뭇잎들의 점호 시간

한바탕 스콜이 사열하며 지나간
자카르타 오후
열대 나뭇잎들의 점호 시간이다
진한 초록 옷 갈아입은 행렬은
바람의 리듬에 맞추어 춤추고 있다

도심 빌딩 숲 커다란 잎들은
서로 눈 맞추며
한바탕 웃음을 시연한다
활짝 웃으면
젖은 마음도 말라버린다고 속삭인다

오후의 태양을 등에 업은
열대의 강렬한 햇빛에 반사되어
가만히 숨죽이고 있던 슬픔이
그제야 눈 비비며
슬며시 나와 햇볕 아래 눕는다

빌딩 숲은 어둠에 깔리고
물기를 말리던 슬픔은

점호를 마친 초록색 잎들과

귀가를 서둘고 있다

파도의 대답

자카르타 동쪽 해변
주황색 노을이 붉게 물든 바다에서
쉼 없이 요동치는 파도에게 물었습니다

파도야, 너는 왜 잠도 안 자고
쉬지도 않고 떠나지도 않고
밤낮 이렇듯 하얗게 일어서느냐고

검푸른 바다에 기대어
하늘을 향해 길게 누워서
쉬지 않고 철썩대는 파도는 대답했습니다

이렇게 일어나지 않으면
내가 없고
내 이름도 없습니다

이별

낯선 땅 남국의 나라에서
따뜻한 이웃으로 만나

열대의 풍성한 과일 함께 나누며
기쁨의 바구니 가득 채웠지

타국에서 가진 서러운 시간
서로 보듬고 위로했었지

정겨운 리듬의 악보를 다듬듯
우리는 약속했지

언제라도 담담하고 기쁘게
이별의 날을 맞이하자고

먼 훗날
우리가 함께 부른 추억의 노래는

열대의 망고처럼
아름다운 향기로 붉게 익어가리라고

바람에게

스산한 적도의 도심
어느 수풀 속
열대나무 큰 이파리 흔들릴 때

문득 너를 보았어
네가 지날 때마다
잃었던 나를 찾은 듯했어

너는 지금 어느 벌판을 지나고
어느 먼 곳에서
금빛 노을을 싣고 오는지

이제 네 모습 볼 수 없어도
젊은 날 푸른빛 향기로
아름다운 옷을 입혀 주었던 너

낙엽 밟던 발자국 따라
생음악으로 스며들던 가을바람아
내 말을 전해 주렴

머나먼 타국 적도 어느 길섶에

한 송이 들꽃으로

내가 여기 피어있다고

네 잎 클로버

세상 만물이 고요히 잠든
지친 도심 자카르타의 깊은 밤 시간

태양이 내리쬐는 뜨거운 땅 위로
촉촉이 내리는 비

빗속에서
적도의 네 잎 클로버는 반짝인다

낮 시간 긴 이별을 겪은
아픈 사람들의 진통처럼

거세게 내리는 비는
깊은 고뇌로 잠 못 드는 이의 회한

수많은 사연을 삼키며
거침없이 쏟아지는 빗속으로

흠뻑 비를 맞으며 걸어 들어오는
적도의 네 잎 클로버

조화에 물을 주다

거실 한 모퉁이에서
변함없이 정겨운 자태로 서있는
벤저민 조화 한 그루

그런데
깜빡 잊고 물을 주었다

아차
너는 조화였지
생명이 없는 너에게 물을 주다니

물먹은 조화에게
살아서 숨 쉬라고 자꾸 떼를 쓰고 싶다

철마다 어여쁜 자태를 뽐내며
활짝 핀 꽃으로 내 마음을 사로잡던
벤저민 조화

무심히 뿌려지는 분무기의 물을 맞고
젖어가는 벤저민

망각

어느 가을날, 적도의 나라로
나를 찾아온 언니는
때때로 기억의 한계가 답답하다고 푸념한다

삶이란 추억으로 사는 것이라고
마음이 아픈 것은 기억 끝에 매달려 있는
그리움 때문이라고 힘없이 말했다

젊은 날 전부였던
두고 온 기억 끝 그 어딘가에
그리운 삽화로 매달려 있다

언니가 가져온
가방 속 먹거리들과 함께
고향의 사연들도 줄줄이 따라 나온다

사람에겐 편리한 망각이 있어
아름다운 거라고 중얼거리며
단잠을 자고 있는 늦가을 닮은 언니

어딘가를 향하여 달려가고 있다

매일 밤 꿈속에서
어딘가를 향하여 달려가고 있었다

무작정 앞만 보고 뛰고 있는데
보이지도 않는 목적지를 향해
온 힘을 다해 달리고 있는데

달려도 달려도 꿈속에서는
언제나 제자리였다

어둠과 공허 속에서 아무리 손을 뻗어도
닿을 듯 닿지 않는
그곳은 대체 어디일까

돌아가고 싶던 고국의 도시일까
이루지 못한 꿈일까

신기루처럼 나타났다 사라지는
잡을 수 없는 환영
밤마다 꿈속에서 달려가는 곳

바람 우체부가 배달해 준 편지

창밖에 비가 내리고
지나는 사람들은 날개를 펼치듯
우산을 받쳐 든다

우산으로 비를 받아 가슴에 넣고
물처럼 흘러가는 사람들
창가에 앉아 읽던 책이 동화처럼 펼쳐진다

어릴 적 내 꿈을 수놓았던
하늘의 별은 어느덧 물이 되어
책 속에 떨어진다

비는 그리움 꺼내 흥건히 적시고
비옷을 둘러쓴 바람 우체부는
어느새 꽃잎 편지 한 통 배달해 놓았다

편지에 쓰였기를
인생이란 때때로 비에 젖으며
물처럼 흘러가는 것

인생은

낮게 낮게 토해 내는 흐느낌이라고

그래서 비가 되었다고

인생의 법칙

살면서 우리는
많은 것을 얻는 것 같아도
더 중요한 것을
무엇을 잃고 사는지 모른다
삶의 이치를 너무 늦게야 깨닫는다

우리는 매일매일
한 계단씩 오르면서도
어쩌면 하나씩 내려가고 있다
완벽한 것은 세상에 하나도 없다
다만 욕심일 뿐

인생은 오답과 정답 사이의
미로 게임
모순투성이의 삶에도
사실은 보이지 않는
엄격한 도덕과 질서가 존재한다

인생은
선을 향하여

하나씩

하나씩

깨달아가는 것이다

고백

먼 나라로 떠나와 사는 일은
온통 그리움투성이다
그리워하는 마음이
맨드라미처럼 타들어 가는 불꽃이 되었다

아름답던 가을을
잊지 못했고
두고 온 기억을
가슴 안에 혹처럼 주렁주렁 매달고 산다

세월이 흐른 뒤에야
그것이 나만의 사랑법인 것을 알았다
더운 바람에도
가슴을 열지 못했던 세월

이제 기다림의 묘미를 아는 열대의 깜보자처럼
잘 숙성된 그리움 녹여
적도의 계절에 피어나는
한 송이 강인한 꽃이고 싶다

지워지는 것은 슬픔이 아니라

이국의 밤하늘에 홀로 떠있는 별
눈부시게 빛나던 밤
나뭇잎은 흔들리고
바람은 잠든 세상에 찾아와 춤을 춥니다

습한 기운이
목덜미와 머리카락을 스칠 때면
습기에 젖어있는 외로움이 어딘가 숨었다가
바람으로 찾아와 안부를 묻습니다

물새 떼 수평선 따라가듯
떠남과 이별의 삶에 순응하지만
사랑하였으므로 상처입는 일을
두려워하지 않았다고

지워지는 것은 슬픔이 아니라
물결치는 파도였다고
대답해 줄 것입니다

도마뱀

도마뱀 두 마리
거실 벽에 바짝 붙어있다
마치 살아있다고 증명이라도 하듯

벽에 딱 붙어있어야
생명을 유지하는 도마뱀

기력이 다해 바닥으로 떨어지거나
위험이 감지되면 제 살을 잘라내
생명을 지키는 애달픈 도마뱀 일생

인간의 삶이란 무엇일까
인간의 사랑이란 무엇일까

사랑이라는 이름으로 붙어사는 삶
붙어있기 때문에 사랑하는 것일까
사랑하기 때문에 붙어사는 것일까

오래 붙어있어
무감각으로 포장된 불완전함

사람의 사랑에 대해서 생각하는데
두 마리의 도마뱀이
사이좋게 먹이를 찾아 나서고 있다

제3부

깜보자 아래서

햇살이 눈부신 적도의 오후
아파트 앞 정원을 지나는데
활짝 핀 깜보자 꽃이 인사합니다

오랜 친구인 내 슬픔을 알고 있으니
그리운 그곳에
대신 향기를 전해 주겠노라 호들갑입니다

나는 그런 깜보자가 고마워
커다란 이파리에
얼굴을 가져다 대었습니다

향기가 천 리를 간다 해서
적도의 천리향이라 부르는
깜보자 꽃

머나먼 고국 땅 그리운 그곳에
향기 스쳐 가거든 깜보자가 대신 전하는
나의 향기라 생각해 주세요

고국의 향기

인천발 자카르타행
금속 날개를 단 거대한 물체는
구름 위를 날아서
힘차게 고국을 실어 나른다

떨리듯 서성이던 세월 사이로
툭 터져 나온 그리움
우르르 쏟아져 나오는 고국의 표정에서
그리운 향기가 무지개처럼 퍼져 나온다

천안함 침몰로 바다에 잠긴 넋들
슬픔에 지친 고국의 얼굴이 있고
하루아침에 삶의 터전을 잃은
수재민들의 아픔이 있지만

저마다 고향을 들고 나오는 얼굴
붉게 상기된 따사로운 미소에서
환한 햇살 가득 안고 펼쳐지는
황금빛 들녘도 따라 나온다

잘 익은 가을을 가득 싣고 온 사람들로
공항은 분주하고
고국을 마중 나온 사람들은
바로 도착한 순백의 향기를 한 사발 들이마신다

꿈이 하나 생겼지

지금은 꿈인 듯 생시인 듯 아련한
두고 온 경포 바닷가

황금빛 해가 저물자
별들은 정겹게 모여 번개모임을 했지

하늘을 덮고 별을 베고 누워
아침을 맞이하던 행복한 시간

행복이란 걸 가져본 적 없던
지난날들

행복은 내 꿈이 아니었지
의지와 상관없는 바쁜 일상에 묻어버렸지

이제 꿈이 하나 생겼지
아련한 고국 바다의 숨소리를 마시며

따뜻한 루왁커피 향처럼 그리운
하느님만 아시는 그곳

바닷가에 조용히 스며들고 싶은
아주 소박한 꿈 하나

9월

한여름 폭염이 꼬리를 보여 주는
고국의 9월에
나는 무작정 열차에 몸을 실었다

다도해로 지는 목포의 노을과
수국을 피워 올리던
순천만 습지

먼 바다에 정박해 있는 무역선과
파도가 수평선에서 비늘을 세우고 달려오는
빛나던 여수 바다

그리고 동백나무 그늘이 깊은
오동도 산책 길을 내려오다 만난
다정한 부부 나무

모양이 닮은 두 그루 나무를 배경으로
일행들과 셀카를 찍다가
나는 한참을 서있었다

마음에게

마음아
이렇게 시도 때도 없이
저미고 아파오면 대체 어쩌란 말이냐

깜보자 꽃이
커다란 열대 잎에 안기듯
마음 안의 사랑에게 스며들어라

인니의 밤하늘 별들에게
아픈 마음을 기대어보는 건
쓸쓸한 연민 때문일까

매일매일
스스로 강해지라고 다짐하며
얼굴에 미소 지어본다

따스한 내 심장의 온기로
오늘도 고통 없이
활짝 웃어보았으면 하고

아마빌리스

열대의 도시 자카르타
달빛 밝은 날 저녁
고층 아파트 옥상 정원에서

평생 달에는 가볼 수 없는
이웃들이 한자리에 모여
송별 파티를 했네

자카르타를 떠나는
중년 부부의 첫사랑 이야기를 들으며
나도 30년 전으로 돌아갔었네

아마빌리스 꽃처럼
첫사랑이
환한 달처럼 웃고 있었네

운명이라는 긴 줄에 매이지 않았다면
적도의 도시에서 열대의 꽃말들과 글자 놀이하며
삶의 이유를 붙잡고 살고 있었을까

하얀 미소로 웃고 있던 아마빌리스
꽃 속에서 튀어나와
내 푸념을 달빛으로 감싸 안았네

고국

청명한 하늘을 마지막으로 보내오고는
여름이 다 가도록 소식 한 줄 없으니
참으로 궁금합니다

그곳은 아직도 무더운 여름이겠지요
적도 세상인 이곳은 한겨울처럼
춥게만 느껴집니다

아마도 저무는 황금빛 노을에
그대가 반추되어
필시 계절병이라도 난 것 같습니다

그러나 걱정 마셔요
언제나 그랬듯 나는 견딜 만합니다
적도의 활엽으로 흔들리면 되니까요

그리워하는 시간은 지루한 듯하나
그리움도 깊어지면서
내 마음 안에 녹음으로 자리하겠지요

그대를 그리워하는 일이 꽃길이 아니더라도

나는 언제까지나 그대에게 몰입하는

적도의 그림자가 될 것입니다

행복의 조건

여름 불볕더위 속 열차 안
사람들은 서로 마주 보거나
홀로 앞 방향을 바라보고 있다

눈을 고요히 감고
잠을 자거나
조용조용 전화 대화를 나누기도 한다

열차는
이런 사람의 일에는 관심 밖인 듯
앞만 보며 열심히 달리고 있다

우리는 이렇게 매일매일
만나고 이별하고
또 이별하고 만나며 살아간다

나는 이것저것
지나온 인생과 고뇌 그리고
인연에 대해 생각하는데

어느 사제의 말이 생각난다
불행하지 않은 게
행복이라는

목련

해마다 4월이면
내 안에는 그리움 꽃이 핀다
고국을 떠나올 때
서럽도록 피어있던 목련을 잊을 수가 없다

잎보다 꽃이 먼저 핀다는 목련처럼
이국땅에서 오래 살아보기도 전에
자꾸만 하얀 그리움으로 피어나던 목련

때론 모든 기억을 잊기도 했으나
아련한 추억과 함께 피어나던
목련의 흰 꽃잎들은
내 눈을 하얗게 덮었다

해마다 목련이 피는 4월이면
눈물처럼 하얀 그리움의 병은
오랜 슬픔처럼 더욱 깊어졌다

기도

우리의 고독한 삶을
허무하지 않게 지켜주는 것은
바로 사랑이 존재하기 때문

인간사에 사랑이 없다면
적막한 하늘에 별이 뜨지 않는 일
어둠에 등불이 없는 일
앙상한 가지에 꽃이 피지 않는 일

부디 깊이 사랑하게 하시길
나 자신을 가족을 친구를 이웃을
미처 내 마음이 닿지 못하는
세상의 모든 이름까지도

녹차를 마시며

새벽녘 초록 잎을 우려낸 녹차를 마시며
문득 뿐짝의 차밭이 생각났지
물보라 같은 안개가 황홀하고
푸르고 고요함을 안겨 주던

산등성이 나뭇가지 잎새 밑에 숨어
작지만 꿋꿋하게 서있는 가지는
땅속에서 아득한 향내를 우려내어
소중한 차 꽃으로 회생回生하고

온 산을 뒤덮듯 초평草坪의 산야는
보는 이의 가슴에 초록의 정기를 심어주었지
넘쳐나는 차향은 온몸에 스며들어
천만년의 신비를 말해 주었네

모든 고뇌를 내려놓고 가라 손짓하던
절정의 녹음으로 빛났던 뿐짝의 석양
영혼으로 뿜어내는 깊고 그윽한 향
따고 말리고 가루 내어 신의 작품으로 탄생한

하늘에 그리움 걸린

가끔 하늘을 볼 때면
해와 달과 별과 구름이
누군가의 그리움이 되어 걸려 있지 않을까
생각해 보곤 했다

해는 불꽃같은 그리움
달은 소원이 담긴 그리움
별은 누군가의 아픔이 박힌 그리움
구름은 서러운 눈물이 모여
통곡처럼 비를 내리는 그리움

우리는 서로의 가슴에
어떤 그리움으로 걸려 있을까

혼자 밥을 먹다가

어머니 장례식을 치르고 혼자 밥을 먹다가
초록 잎들 서로 안고 있는 나물 반찬을 씹으며
어머니와 함께했던
정겨운 일상이 생각나 목이 멘다

슬픔과 그리움을 함께 무친
어머니의 사랑과
눈가를 촉촉이 적시던 기억들
실어증 환자처럼 꾹꾹 씹어 먹었다

숨죽이고 있던 슬픔이 눈물로 떨어졌다
그래도 산 사람은 살아야 한다고
눈물에 밥을 말아
통증으로 저며 오는 목구멍으로 연신 퍼 넣었다

알밤

인니 중국인들과 함께하는 저녁 식탁에
동글동글 잘 익은 열매 한 접시
폼 나게 앉아있다

궁금해서 가까이 살펴보니
몇 해 전 고향 친척 집 밤골 나무에
매달려 있던 알밤

여름 내내 불타던 햇살 받아
불그레한 하트 모양으로
적도에 살고 있는 나를 찾아와 주었다

사계절 열정으로 살다
먼 나라 식탁에 올라와 있는
밤톨 한 접시

장례식장에서

이국땅에서 가깝게 살던 친구의 부음을 듣고
경황없이 달려간 자카르타 외곽의 장례식장
호주로 유학 가 있는 자식들이 미처 도착을 못해
문상객들이 엉거주춤 서있다

고국을 그리워하는 순간이 더 많았던
얼굴 마주할 틈도 없이 바쁘게 살았던 친구가
그리움만큼 밝은 등을 켜고 말없이 누워있다

적도 땅 어느 나무에서 꺾여 온지 모를
화사하고 다양한 꽃들이 미리 도착해
서로 어색해하며 인사를 나눈다

꽃처럼 아름답게 살다 간 친구가
한순간 화려하게 피었다 지는 적도의 꽃처럼
한 생애를 그렇게 짧게 저버렸다

제4부

아름다운 노을이 되라 한다

어제와는 또 다른 빛깔로
적도의 푸르른 시간이
뜨겁게 나를 부른다

물기 어린 창가에 다가와
끝없는 초록이 되라 한다
끝없는 물결이 되라 한다

햇빛에 빛나던 머리카락이
습기에 젖어있다
눈물겨운 세월이 그곳에 있다

그렁그렁 환하게 비추는
적도의 연분홍 노을 속에
붉게 물든 내가 있다

아직 사랑할 일이 많은
이곳 열대의 도시 자카르타
나에게 아름다운 노을이 되라 한다

물안개

비 뿌리는 도심 들녘에
당신은 물안개가 되어 휘몰아칩니다

꿈이 어긋나는 현실에서
그래도 꿈이 있기에 나는 살고 있는데

당신은 꿈을 버려서
살아진다 합니다

버리고 버려서
뿌옇게 흩어질 때마다 빗방울이 되고

빨간빛 무지개가 되어
웃으시는 당신

내가 아는 여인

가냘프듯 부드럽지만 꽃불처럼 따뜻한
온돌의 가슴 간직한 이름

먼 여행길 돌아와
그윽한 차의 향기로 피곤한 여정도 녹이는

소리 없는 포근함이
묻어있는 이름

그 어떤 말로도
정의할 수 없는 청아함

활짝 핀 지상의 꽃들도
약속이나 한 듯 숨을 죽이는

석양 닮은 미소가
붉게 번지는 오후를 닮은 여인

문학

처음 그대를 만난 건
단발머리 학창 시절
사색의 열병을 앓던 시절이었지요

그대와의 만남은
나에게 자유로운 영혼을 선사했고
지하에서 뿜어내는 생명수처럼
순수한 기억과
감각을 심어주었지요

그대는 나에게 있어
매일매일을 새롭게 살게 하는
푸르른 비상입니다

나를 지탱해 주는
초록빛 에너지입니다
그대를 만날 수 있어서
아직도 나는
진달래 꽃망울 같다던 입술
지그시 깨물며

수정처럼 맑은
소녀의 꿈을 꾸지요

가을을 그리며

두툼한 슬픔으로 썰어놓은
가을 추억 한 접시

서러움 휘청거려
목이 멘다

빈집 같은 가슴에 단풍 빛깔로
서럽게 안겨 오는 가을

조금씩 잊어버리고 묻어버리면서
또 하나의 허무를 봉합한다

흩뿌리는 꽃잎 맞으며
내밀한 울림에 정직하고픈

그리움 잉태한 모든 이들과
오래오래 아프고 싶다

재스민

석양을 등지고 피어있는
은은하고 향기로운 순백
어느 꽃과도 비교할 수 없는
고귀한 자태

재스민
네 앞에 서면
무서운 폭우도 잔잔한 빗줄기로 바뀌고
세찬 비바람도 순한 바람이 된다

강렬한 햇빛과 붉은 달빛도
너의 온화한 향기를 실어 나른다
그윽한 그리움 머금고
네 향기에 빠져드는 오후

겨울나무

한때의 푸르던 계절 위로
매서운 바람이 불어온다
지나온 시간의 간격만큼

겨울나무 앞에 서럽게 서있다

무겁고 정든 짐들을 벗어버린
황량한 겨울 언덕
차갑게 살을 에는 바람 앞에 침묵으로
굳게 서있는 겨울나무

인니에 사는 딸자식 그리다
차마 발걸음 떼지 못했을
어머니 흔적 찾아
부질없이 서성이는 슬픈 우울

인왕산 오르내리던 산 중턱
당신이 바라보던 소나무
하얗게 덮인 눈처럼 포근한 미소가 떠올라
인니 땅으로 다시 떠나지 못하고

겨울나무 앞에
시린 눈물로 서있다

질문

나는 때때로 질문을 던진다
나는 왜 나인가
왜 네가 될 수 없고 비가 될 수 없고
하늘이 될 수 없는지

난 왜 여기 자카르타에 살고 있고
언제부터 내 안에 그리움이 존재하고
그 끝은 또한 어디인 것인지

열대의 태양 아래
불꽃처럼 살고 있다는 것이
과연 꿈은 아닌지
잠시 꿈을 꾸고 있는 건 아닌지

살고 있다는 것은 어쩌면
하늘에서 모였다 흩어지는
구름 같은 것은 아닌지

고국에 살 때나
타국에 살고 있는 지금이나

늘 여행자가 되어
세상에 던졌던 질문이다

인상서호印象西湖

미처 어둠으로 덮지 못한
엷고 푸른 항조의 하늘이
곱게 물든 석양으로
서호의 거대한 호수에
거꾸로 걸려 있다

물 위에 맑게 떠있는 하늘은
백사전의 애절한 전설을 불러 모으고
명경처럼 맑은 물은
이별의 아픔을 멈추고
고요히 반기며 나를 맞는다

바쁘게 돌아가는 세상사
속도를 맞추려다 지쳐서
훌쩍 여행 온 서호 호숫가
청명한 물은 소리 없이 마음속에 들어와
맑은 소리를 낸다

영원히 변하지 않는 것은
과거에 대한 추억의 기억뿐이라고

서호의 이름 모를 나무와 산들은
허선과 백소정의 슬픈 사연을
끊임없이 노래한다

버드나무 가지에 걸린
잊지 못할 절경을 펼치는 서호는
다시 일상으로 돌아가
인상印象에 영원히 남을
멋진 삶을 살라 한다

인내

십여 년을 함께한 운전사와
오늘도 외출에 나섰다

길게 늘어선 자카르타 차량 행렬 속
한 차선만을 고집하는 운전 습관

나는 속이 터지지만
모르는 척
야자수들에게 일일이 눈길을 준다

깜보자 가로수에게 문안 인사하듯
말을 걸며
답답한 속을 삭힌다

길게 줄 서있는 차량 행렬 뒤에
차를 갖다 대고 느긋해하는 여유

그의 행동은
내게 부처 같은 자비심을 불러일으킨다

이러다가 나도 어느새
얼굴 환한 부처가 될지 모르겠다

밤으로 오는 바람이 있어

밤으로 오는 바람이 있어
나는 밤에도
잠들지 못하나 보다

밤에 찾아와서
불면의 나를
안온하게 감싸 주는 바람

나는 그 바람 앞에
난전의 상인들처럼
불면의 물건을 펼쳐놓는다

그 물건에는
고국과 문학과 나의 종교와 일상의 고뇌들
그리고 아직 이루지 못한 무엇들

이런 많은 것들을 세다 보면
새벽이 오고
아침이 오고

그리고 나는
낮을 더 잘 살 수 있게 해달라고
기도한다

밤으로 오는 안온한 바람이 있어
나는 밤에도
잠들지 못하나 보다

두리안

부드러운 속살을 지키고 방어하듯
거칠고 두터운 외투를 입고
지옥의 향기를 뿜어대는 두리안

겉으로는 강하게 안으로는 부드럽게
그렇게 사는 것이 세상을 사는 지혜라고
두리안은 나에게 가르쳐 준다

사람들은 왜
멀리 떨어져서 바라보면
슬픔이 슬프게 보이지 않는 것일까

가까이 다가가 보면 강인한 껍질과는 달리
비바람에 견딘 아픈 상처 고름이 되어
노랗게 변해 버린 두리안의 속살

위협적이고 도전적인 삶이라도
견디다 보면 투박한 내성이 생겨
강하게 자신을 지킬 수 있다고 가르쳐 준다

슬픔의 미학

어느 시인은 노래합니다
슬픔을 기다리며 사는 사람들의
새벽은 언제나 별들로 가득하다고

나는 그 시인의 말을 차마 이해할 수 없습니다
나에게 기다림이란 찬란한 아픔이요
희망 없는 고통이기 때문입니다

그러나 나는 알 것 같습니다
이별이 있어야 만남도 있듯이
슬픔이 없다면 기쁨도 없다는 것을

밤하늘에 별이 없다면
달도 존재할 수 없듯이

적도의 큼지막한 잎들이 비를 가려주듯
기쁨은 슬픔에게
함께 살아가자고 손을 내밉니다

자고라위 골프장에서

이국땅에서 젊은 날의 한때
꽃과 나무
바람과 하늘을 무척 좋아했다

한 번도 그대 마음 가져본 적 없지만
가까이 머물렀다가
그냥 돌아서고 만 것을

가끔 내 심장처럼 붉게 피어있던
자고라위 꽃들은 안다

멀리 때려야 스코어를 내는 골프에는
무심하게도 관심을 두지 않았다

나의 생에서 내가 몇 번이나
그대의 아름다운 모습을 볼 수 있을까

자고라위 8번 홀 걷는 길에
초록의 연꽃마다 마디마디 맺혀 있던 이슬이
내 심장의 머뭇거림이

그곳에 머물렀다

그대로 인해 스무 해 가까운 날들을

적도의 사랑과 그리움의 변주

공광규(시인)

1.

　서미숙은 시집을 내면서 "고해성사를 하는 심정으로 꼭꼭 숨겨둔 그리움과 사랑에 대한 기억에서 이제 조금은 자유롭고 싶다"고 고백한다. 그리고 "앞으로 시를 더 가까이 하고 많이 사랑할 것 같"다며 시에 대한 자신의 심경을 밝히고 있다. 시인은 시 「문학」에서 문학에 관심을 가진 시기와 현재 문학이 자신에게 가져다주는 가치를 진술하고 있다. 시인이 문학을 처음 만난 것은 "사색의 열병을 앓던" "단발머리 학창 시절"이었다.

　문학은 시인에게 "자유로운 영혼을 선사했고/ 지하에서 뿜어내는 생명수처럼/ 순수한 기억과/ 감각을 심어주었"다고 한다. 그리고 자신에게 "매일매일을 새롭게 살게 하는/ 푸르른 비상"이며, 자신을 "지탱해 주는/ 초록빛 에너지"라고 한다. 단발머리를 하고 있던 학창 시절에 문학을 만나서, 중년이 된 현재도 문학은 자신이 존재하거나 살아가는 에너지원이라는 것이다. 그러나 문학은 시인에게 불면의 한 원인이되기도 한다.

밤으로 오는 바람이 있어
나는 밤에도
잠들지 못하나 보다

밤에 찾아와서
불면의 나를
안온하게 감싸 주는 바람

나는 그 바람 앞에
난전의 상인들처럼
불면의 물건을 펼쳐놓는다

그 물건에는
고국과 문학과 나의 종교와 일상의 고뇌들
그리고 아직 이루지 못한 무엇들

이런 많은 것들을 세다 보면
새벽이 오고

아침이 오고

그리고 나는
낮을 더 잘 살 수 있게 해달라고
기도한다

밤으로 오는 안온한 바람이 있어
나는 밤에도
잠들지 못하나 보다

　　　　　　　—「밤으로 오는 바람이 있어」 전문

　화자에게 밤으로 오는, 알 수 없는 어떤 추상의 바람이 있다. 그 바람으로 인해 잠들지 못한다. 그렇지만 이 추상의 바람은 불면의 자신을 "안온하게 감싸"준다. 이 불면과 안온의 상반과 역설, 그리고 불협화음. 이렇게 시인에게 불면을 초래하는 물건은 "고국과 문학과" 자신의 "종교와 일상의 고뇌", 그리고 "아직 이루지 못한 무엇들"이다. '문학'이 불면의 원인 중에 하나인 것이다.

　문학을 포함한 여러 가지 불면의 목록을 가지고 있는 서미숙 시의 주제적 특징은 몇 가지로 압축할 수 있다. 우선 시인의 현재 생활 터전인 적도 일대에 걸쳐있는 인도네시아 영토와 현지인에 대한 사랑을 보여 주는 대자적 자세이다. 그리고 지리적으로 떨어져 있는 해외에 이주해 사는 경계인으로서 갖는 절대적인 외로움과 그리움, 또 생물학적인 한 인

간으로서 가지고 있는 본원적인 사랑에 대한 그리움과 추억
일 것이다.

2.

서미숙은 타국이라는 공간과 공간 속에 놓인 자신을 끊임
없이 교섭시킨다. 그 공간에서 자신을 회복시켜 보려고 한
다. 이런 시들은 주로 1부에 배치되어 있으며, 시인이 현
재 살고 있는 적도, 적도에서 인도네시아, 인도네시아 안에
서 수도 자카르타, 자카르타에 있는 기차역이나 카페 등 지
리적 공간을 배경으로 하고 있다. 시 「적도의 노래」 「자카르
타」 「감비르역」 「수카르노 하타 공항」 「인니의 가을」 등의 시
편들이다.

　　태양은 불꽃처럼 이글거리고
　　야자수 프로펠러 날개 달고 하늘로 치솟듯
　　고독처럼 자라는 거대한 땅

　　정제되지 않은 나의 슬픔은
　　적도의 땅만큼이나 적막하여
　　파도 소리조차 삼킬 듯하다

　　바람은 떠나온 계절에 미련이 남아

깜보자 가지에 물방울 매달고

연신 그리움처럼 흔들린다

야자수와 깜보자가 들려주는 바람의 노래

귓전을 맴도는 적도의 노래가

고독의 폐허를 건너가고 있다

—「적도의 노래」 전문

「적도의 노래」는 시집의 전체 주제인 외로움과 그리움, 거기서 오는 슬픔을 아우르는 표제시다. 적도의 지리적 특성과 그 공간에서 지내고 있는 시인의 심경이 이 한 편의 시에 집중되어 있다. 적도에서 화자가 처한 상황은 고독과 슬픔과 그리움과 다시 고독으로 회귀한다. 거대한 적도의 땅에서 "태양은 불꽃처럼 이글거리고/ 야자수"는 날아가듯 하늘로 치솟아 있지만, 화자의 내부는 이에 비례해서 그만큼의 고독이 자라고 있다.

고독이 정제되지 않아 화자의 슬픔은 적도의 땅만큼 크고, 파도 소리가 삼킬 듯 적막이 깊다. 이런 땅에서 화자는 그리움으로 연신 흔들린다. 화자의 고독은 거대한 땅에 혼자 남겨진 것이고, 그리움은 "떠나온 계절"인 과거이거나 떠나온 곳인 장소에 대한 미련 때문이다. 시에서 고독의 양을 측정하는 지표는 야자수의 크기이고 그리움을 측정하는 지표는 깜보자 가지에 매달린 물방울이다.

화자의 존재 배경이 되어주는 작열하는 태양과 거대한 땅,

고독과 그리움의 지표인 야자수와 깜보자, 거기서 움직이는 프로펠러와 바람이 서로 대응하고 협력하고 조화하면서 고독과 그리움, 거기서 오는 슬픔을 배가시키고 있다. 결국 화자에게 감각되는 적도의 노래는 고독의 노래이고 그리움의 노래이며, 바람의 노래이고 슬픔의 노래이다. 이런 노래가 적도에서 지내느라 고독으로 폐허가 된 화자의 심경을 건너가고 있는 것이다.

시인이 살고 있는 곳은 적도에 걸쳐있는 인도네시아 수도 자카르타이다. 시 「자카르타」에 의하면 그곳은 "고대와 현대가 포용하고 있는" 도시이며, 불타는 듯한 태양이 스콜이 지날 때마다 "한바탕 어우러지는 춤사위"가 있는 나라이다. 그곳은 "붉게 물든 깊은 나무와" 실루엣이 큼지막한 잎새들이 있는 도시이다. 재스민 향기가 있으며 저녁이 되면 "주황빛 노을 속에 빛나는/ 열정과 예술의 도시"다.

자카르타의 한 공간인 퍼시픽 플레이스 내 커피 전문점 스타벅스는 화자 일행이 해 질 녘에 모임을 마치고 습관처럼 모여 담화하는 곳이다. "커피 한 잔으로 여유를 마시고/ 고국의 그리움을 마시는/ 떠나온 사람들"이 자주 모이는 아지트다. 이곳은 고국을 떠나 사람들이 문학이라는 같은 취미로 만나 손을 잡고 환하게 웃으며 "이국의 고단함"을 활짝 웃어서 씻어버리는 공간이다.

적도의 도시에서 시인은 고독과 그리움, 슬픔에 휩싸여 사는 것만은 아니다. 자신의 감성과 관념을 지적 이성으로 제어하고 통찰하여, 도시를 오고 가는 공항에서 사람들의 움직

임을 보며 "삶이란 누구에게나 불가사의한 부재"(『수카르노 하
타 공항』)라는 직관적 인식에 이르기도 한다. 또, 그의 애틋한
모성적 자애는 시 곳곳에 현지인에 대한 무한한 관심과 사랑
으로 나타나기도 한다.

이를테면 자카르타 중심 광장에 있는 열차 역에서는 "화산
폭발로/ 부모를 잃은 도우미 뜨리를 마중 나와" "화산보다 더
뜨겁게 안아주"(『감비르역』)기도 하고, 자연재해로 재난을 당한
현지 사람들을 찾아가 돕지 "못하는 마음에/ 하루 종일 서성
대며"(『그토록 많은 사람들이』) 안타까워하기도 한다. 특히 아래
에 인용하는 시 「어린 천사를 보내고」는 어린아이의 죽음을
주관적 슬픔으로 치장하지 않는 아름다운 절제가 돋보인다.

　　자카르타에서 자동차로 왕복 여섯 시간
　　반둥 화산마을

　　심장병을 앓던 어린 천사가
　　화산재처럼 날아 별나라로 떠났다

　　국제사역팀에서 선물한
　　한국산 장난감 로봇을 손에 꼭 쥔 채로

　　초롱초롱 눈빛을 지닌 어린 천사는
　　별빛이 되어

　　다른 친구들을 위해

화산마을을 더욱 환하게 비추겠지

로봇을 타고 떠난 그 아이는
초롱초롱 사랑의 빛깔로 반짝이고 있겠지
　　　　　　　　　　　　　　　　　　—「어린 천사를 보내고」 전문

3.

　서미숙의 시에는 고국을 떠나 싱가포르와 인도네시아에
서 오래 살면서 체감한 경계인의 심정을 표현한 시들이 상당
수다. 아마 이 시집에서 가장 빈번한 어휘 두 개를 뽑으라고
한다면 그리움과 외로움일 것이다. 그리움과 외로움을 사물
이나 사건으로 객관화하거나 감각화하여 보여 주는 것이 흔
한 시의 수법인데, 시인이 그렇게 하지 않는 것은 다른 사물
이나 표현으로 객관화하거나 대체할 수 없는 절박함 때문일
것이다.
　그리움은 시간과 공간의 격리가 가장 큰 요소다. 시「목
련」이 그런 사례이다. 화자는 해마다 4월이면 자신의 내부에
"그리움 꽃이 핀다"고 한다. 그것은 "고국을 떠나올 때/ 서럽
도록 피어있던 목련을 잊을 수 없"기 때문이다. 4월이 오면
과거의 4월이 떠오르고, 현재의 4월을 통해 과거의 4월을 계
속 반추하는 것이다. 일정한 계절이나 시간에 과거가 "자꾸
만 하얀 그리움으로 피어"나는 것은 "아련한 추억"이라는 사

건이 함께하기 때문이다.

계절이나 시간이 반복하면서 그리움도 반복되고 깊어지고, 그것이 축적되면 병이 된다. 이 그리움의 병은 슬픔이라는 증상을 동반한다. 그러나 슬픔에만 머물지 않는다. 시인은 "그리워하는 시간은 지루한 듯하나/ 그리움도 깊어지면서/ 내 마음 안에 녹음으로 자리하겠지요// 그대를 그리워하는 일이 꽃길이 아니더라도/ 나는 언제까지나 그대에게 몰입하는/ 적도의 그림자가" 되겠다고 한다. 그리움의 결과인 슬픔을 녹음으로 치환하고 원망이 아니라 '그대의 그림자'로 헌신하겠다는 긍정적 역설이다.

위 시 「목련」처럼 시인은 어떤 사물을 보거나 상황에 처할 때마다 일어나는 그리움을 시 「하늘에 그리움 걸린」으로 정리하고 있다. "해는 불꽃같은 그리움/ 달은 소원이 담긴 그리움/ 별은 누군가의 아픔이 박힌 그리움/ 구름은 서러운 눈물이 모여/ 통곡처럼 비를 내리는 그리움"이다. 이런 외부의 자연 사물이나 자연현상은 인간의 감정을 자극하여 심경을 여러 가지 양상으로 변화시키는 것이다.

내 마음 속엔 두 나라가 있다
어느 곳과도 비교할 수 없는
공평하면서 애잔하게 공존하는

열 손가락 깨물어 안 아픈 곳 없는
어머니의 마음처럼

이제는 어느 쪽도 멈출 수 없는 내 자화상

멀리 떠나와 있던 이곳에도
경계선이 없는 푸르고 높은 하늘은 있어
하늘에 두 눈 멀뚱히 던져놓고 하늘빛 마셔보지만

그리움이란 것이 원래 싸한 것이어서
뜨겁게 흘러내렸던 그것들이
땀이었는지 눈물이었는지 모르겠다

하염없이 고픈 것이 그리움인 줄 모르고
인도네시아 전통 소스 삼발에 밥을 비벼 먹어도
시린 속은 가라앉을 줄 모른다

　　　　　　　　　　　　　　　—「두 나라」 전문

　유년과 청소년기는 고국에서, 성인이 되어서는 해외에서
오래 산 시인은 시 「두 나라」에서 육체적 심리적 상황을 고국
인 한국과 인도네시아 두 나라에 공존시켜 놓고 있는 경계인
이다. 어느 쪽에도 기울지 않게 공평하게 마음을 두 나라에
두고 있다. 그렇기 때문에 시인의 애잔한 마음 역시 두 나라
에 공존한다. 두 나라는 생활의 거점이고, 자기 자신이며, 동
시에 자신의 자화상이기도 하다.
　고국의 하늘처럼 인도네시아의 하늘도 "경계선이 없는 푸
르고 높은" 같은 하늘이다. 화자는 하늘에 두 눈을 두고 '싸한
그리움'에 땀인지 눈물인지 모르는 눈물을 "뜨겁게 흘러 내"

리기도 한다. 이렇게 "하염없이 고픈" 그리움을 지워보려고 "삼발에 밥을 비벼 먹"지만, 그리움으로 인한 시린 속은 가라앉을 줄 모른다. 인위적으로 지우거나 통제할 수 없는 그리움의 속성이다.

> 타국에서 살아간다는 것은
> 온몸이 통증으로 저려오듯
> 마디마디 그리움 맺히는 일이다
>
> 잠 못 들던 밤
> 한 편의 시로 수면 마쳐 후
> 몽롱한 감성으로 슬픔을 베고 눕는 것이다
>
> 자카르타의 장례 행렬에 흩뿌려진
> 노란 깜보자 꽃잎을 보며
> 그만 돌아서서 목 놓아 울어버리는 일이다
>
> 저물녘 창밖 풍경을 접수한 야자수 이파리와
> 대책 없이 쏟아지는 열대 폭우에
> 안부를 매달아 놓는 일이다
> ──「타국에서 살아간다는 것은」 전문

위 시는 마음속에 두 나라를 가지고 있는 경계인의 그리움에 대한 통렬한 고백이다. 화자가 "타국에서 살아간다는 것은/ 온몸이 통증으로 저려"는 일이고 "마디마디 그리움 맺

히는 일이다"라고 한다. 이런 고민으로 불면이 오면 "한 편의
시로 수면 마취"를 하고 "몽롱한 감성으로 슬픔을 베고" 누우
며, "장례 행렬에 흩뿌려진" "깜보자 꽃잎을 보며" "돌아서서
목 놓아 울어버리"기도 한다. 열대의 야자수 잎과 열대 폭우
에 "안부를 매달아 놓"기도 한다.

　시인의 많은 시편들은 주제를 '그리움'으로 치환시킨다. 시
「인니의 가을」에서는 야자수의 넓은 잎이 붉은 옷으로 갈아입
는 모습을 보고 "내 마음의 가을"을 자각하며, 열대 잎 위에
머물러 있는 빗물을 보고 "눈물 같은 촉촉함으로/ 추심秋心으
로 적"시기도 한다. 타국에서 야자수의 붉어가는 잎을 보고
고국의 가을을 상상하는 화자는 "오랜 세월 헤어졌다 만난/
그리움 되어/ 가슴을 말갛게 물들인다"고 한다.

　시인의 그리움은 존재론적 질문에서 태어나기도 한다. 시
「질문」에서는 "난 왜 여기 자카르타에 살고 있고/ 언제부터 내
안에 그리움이 존재하고/ 그 끝은 또한 어디인 것인지" 물으
며, "열대의 태양 아래/ 불꽃처럼 살고 있다는 것이/ 과연 꿈
은 아닌지/ 잠시 꿈을 꾸고 있는 건 아닌지" 묻는다. 결국은
"살고 있다는 것은 어쩌면/ 하늘에서 모였다 흩어지는/ 구름
같은 것은 아닌지" 인생론적 조망에까지 이른다.

4.

　서미숙은 시「고백」에서 그리움을 적극적 태도로 받아들여

강렬한 불꽃을 통해 그만의 사랑법으로 제조한다. 고국에서 "먼 나라로 떠나와 사는 일은/ 온통 그리움투성이었"고, "그리워하는 마음이/ 맨드라미처럼 타들어 가는 불꽃이 되었"다고 한다. 고국에 "두고 온 기억을/ 가슴 안에 혹처럼 주렁주렁 매달고" 살았지만 "세월이 흐른 뒤에"는 "그것이 나만의 사랑법인 것을 알았다"는 것이다.

자신만의 사랑법을 알았다는 시인은 화자를 내세워 "기다림의 묘미를 아는 열대의 깜보자처럼/ 잘 숙성된 그리움 녹여/ 적도의 계절에 피어나는/ 한 송이 강인한 꽃이고 싶다"는 의지를 확고히 한다. 사랑을 통해 강인한 꽃으로 존재하고 싶다는 시인의 소망이 시적 화자를 통해 드러내고 있다. 그의 시에는 사랑의 대상과 방향이 구체적이지는 않지만 적극적인 표현으로 나타난다.

"타국에서 가진 서러운 시간"(「이별」)을 보낸 서미숙은 다른 시 「너무 먼 곳의 이름이 될까 봐」에서 "인도네시아// 적도의 나라에서/ 너무 오랫동안 살"아서 "간혹 걱정이 되었"고, 이러다가 고국에서 멀어져 "내 목소리도 닿을 수 없는/ 먼 곳의 이름이 될까 봐/ 차마 사랑한다는 말도/ 전하지 못할까 봐" 걱정이 되었지만, 결국 "꽃을 꺾어" 소유하거나 "꽃을 찾아 길을 떠나"겠다는 사랑에 대한 적극적 태도를 보인다.

시 「기도」에서는 사랑의 개념과 정당성을 기도로 바치고 있다. 사랑은 인간의 고독한 삶을 허무하지 않게 지켜주는 것이므로 "인간사에 사랑이 없다면/ 적막한 하늘에 별이 뜨지 않"고 "어둠에 등불이 없는" 것이며, "앙상한 가지에 꽃이 피지 않"을 것이니 나 자신을 비롯해 가족과 친구, 이웃과 "세상의 모든 이름까지" 사랑하라고 한다. 아래 시를 보자.

적도의 사랑법은
까마득히 잊어주는 것
기억조차 떠올리지 않는 것

이승에서 아닌 인연
저승에서 만나자고
마음으로 약속하는 것

사랑으로 인해 고독해질 때면
살며시 적도의 야자수와
루왁커피 한잔 나누는 것

텁텁하고 건조한 땅에서
영혼이 잘 자랄 수 있도록
사랑을 묻어두는 것

—「적도의 사랑법」 전문

화자가 나름대로 발명한 "적도의 사랑법은/ 까마득히 잊어주는 것"이고 "기억조차 떠올리지 않는 것"이다. 이승에서 인연이 안 되었으니 "저승에서 만나자고/ 마음으로 약속하는 것"이다. 그래도 고독해지면 적도의 야자수와 커피를 나누고, "텁텁하고 건조한" 적도의 땅에 영혼이 잘 자라도록 사랑을 밑거름으로 묻어두는 것이 시인의 사랑법이다.

　시인은 시「도마뱀」에서 "거실 벽에 바짝 붙어있"는 두 마리의 도마뱀을 통해 사람의 사랑을 비유한다. 화자는 "벽에 딱 붙어있어야/ 생명을 유지하는 도마뱀"을 보고 "인간의 사랑이란 무엇일까" 하고 묻는다. 사람들은 사랑이라는 이름으로 붙어살지만 "무감각으로 포장된 불완전"한 사랑을 한다는 것이다. 화자가 "사이좋게 먹이를 찾아 나서"는 두 마리 도마뱀의 행태를 보면서 사람의 사랑을 되돌아보고 있다.

　　어제와는 또 다른 빛깔로
　　적도의 푸르른 시간이
　　뜨겁게 나를 부른다

　　물기 어린 창가에 다가와
　　끝없는 초록이 되라 한다
　　끝없는 물결이 되라 한다

　　햇빛에 빛나던 머리카락이
　　습기에 젖어있다
　　눈물겨운 세월이 그곳에 있다

　　그렁그렁 환하게 비추는
　　적도의 연분홍 노을 속에
　　붉게 물든 내가 있다

아직 사랑할 일이 많은

이곳 열대의 도시 자카르타

나에게 아름다운 노을이 되라 한다

　　　　　　　—「아름다운 노을이 되라 한다」 전문

시의 시간적 배경은 노을이 있는 저녁 시간이다. 노을과 마주하고 있는 화자는 몸에 노을을 받아 붉게 물들어 있다. 적도의 다채로운 일기와 시간은 화자를 뜨겁게 유혹한다. 노을은 끝없는 초록과 물결이 되라고 한다. 공간은 "아직 사랑할 일이 많은" 화자가 살고 있는 "열대의 도시 자카르타"이다. 이 도시는 화자에게 "아름다운 노을이 되라"고 명령한다.

시 「마음에게」서 "깜보자 꽃이/ 커다란 열대 잎에 안기듯/ 마음 안의 사랑에게 스며들"라고 호소하는 그는, 시 「인생의 법칙」에서 인생을 "오답과 정답 사이의/ 미로 게임"이며, "모순투성이의 삶에도" "보이지 않는/ 엄격한 도덕과 질서가 존재한다"고 한다. 그러면서 "인생은/ 선을 향하여/ 하나씩/ 하나씩/ 깨달아가는 것이"라며 선한 삶의 지향과 윤리를 강조한다. 아름다운 노을을 닮은 노후가 되기 위한 선결 요건을 시를 통해 암시하고 있다.

5.

시집 원고 전편을 공간이나 제재적 특징으로 나누어 살펴

보았다. 서미숙은 현재 자신이 이주하여 터전을 이루고 살고 있는 타국인 적도의 나라 인도네시아와 인도네시아 안에 있는 도시와 공항, 기차역, 카페 등 특정 공간을 시의 배경으로 유효하게 활용한다. 더불어 현지인, 즉 재난으로 인해 어려움을 겪거나 소외된 아이들에 대한 관심과 사랑도 슬쩍 엿보인다. 현지 공간과 사람들에 대해 대자적 관심과 무한 사랑을 아낌없이 보여 주고 있는 것이다.

그리고 많은 시편에서 고국에서 멀리 떠나 살고 있는 이주민으로서 갖는 절대적 외로움과 그리움, 거기서 오는 슬픔을 드러내고 있다. 아마 이 시집의 키워드 몇 개는 외로움, 그리움, 슬픔, 사랑, 적도 이런 것들일 것이다. 이런 핵심 어휘들은 시인의 마음을 반영하는 것이며, 이런 마음의 파동인 서정적 충동을 시인은 자연 사물이나 사건에 투영시키고 있는 것이다. 야자수와 깜보자가 자주 등장하고 비와 바람, 작열하는 심상의 태양을 비유 체계로 등장시킨다.

마지막으로, 시인은 생물학적인 한 인간으로서 갖는 이성적이고 감성적인 사랑의 충동과 욕망을 '불꽃' '강인한 꽃' 등에 비유하여 몇 편의 시에 드러내기도 한다. 그러나 시집 전편을 들여다보면 개인적 사랑보다 이웃에 대한 관심과 사랑의 비중이 더 커 보이고 구체적이다. 그러면서도 시인의 착하고 소박한, 그러면서도 열정적 사랑의 지향도 감지된다. 반드시 서미숙 시인은 자카르타의 노을처럼 아름다운 인생의 저녁을 맞을 것이다.

천년의시인선